TABLEAU DE PARIS

AU COMMENCEMENT

DE L'ANNÉE 1799.

SATIRE.

Vestra res agitur.

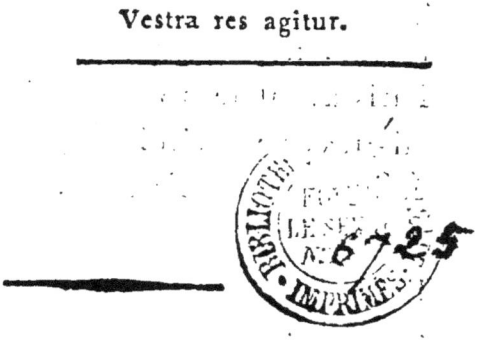

HAMBOURG.

1800.

AVIS DE L'ÉDITEUR.

Cette satire a été imprimée à Londres il
y a six mois, sans nom d'auteur, et nous
ne savons à qui l'attribuer. La personne
qui nous a fait parvenir l'exemplaire imprimé, nous assure que l'auteur était à
Paris avant le 18 Fructidor; qu'il s'était
fait rayer provisoirement de la liste des
émigrés à force d'argent, et qu'il fut malgré
cela obligé de quitter la France pour ne
pas être fusillé ou conduit à la Guyanne.
Indè iræ.

PRÉFACE.

UNE satire purement littéraire a besoin d'être facile et gaie ; mais nous avions à peindre le vice, et à flétrir de grands criminels : il nous fallait employer des couleurs et des expressions fortes. On sait que Juvénal s'est élevé quelquefois jusqu'au ton de la tragédie, emporté par l'excès de son indignation contre les vices de Rome. On a accusé ce grand poëte d'avoir mis de l'exagération dans ses portraits, et certes ! on y a peu réfléchi. Il n'y a qu'à lire Tacite, pour être bien convaincu de la criminelle bassesse et de l'affreuse corruption des Romains sous les règnes de Tibère, de Néron et de Domitien. Le poëte ne va peut-être pas aussi loin à cet égard que l'historien. *Juvénal a mis de l'hyperbole dans ses satires ; Tacite a vu les hommes en noir.* Ce jugement est très-mal fondé. Le tems où nous vivons prouve bien que l'homme est capable de se porter à tous les excès, et qu'il serait impossible d'égaler à son modèle l'horrible tableau de ses vices. Celui qui oserait accuser notre satire d'exagération, serait de mauvaise foi et mériterait d'y être signalé. Nos crimes ont effrayé l'Univers, et nos vices font horreur. La révolution n'est qu'une longue saturnale souillée de sang. Quelques gens de lettres y ont été de grands coupables, et on les a peints tels qu'ils sont, c'est-à-dire, odieux et ridicules. La sottise est une épidémie dont la satire est le remède : qnand le vice est l'objet de sa haine, elle est une justice. Il n'y a que les sots et les méchans qui la craignent.

Nota. Nous exceptons formellement de cette satire les membres de l'Institut qui s'occupent des sciences utiles à l'homme, c'est-à-dire, les chymistes, les géomètres, les physiciens, les naturalistes, etc. Nous n'avons voulu y inculper que la partie littéraire de cette société, qui en est la partie ridicule. Quant aux gens de lettres que nous n'y nommons pas, nous les prions de croire que nous ne les avons pas épargnés, mais oubliés.

TABLEAU DE PARIS

EN 1799.

SATIRE.

O TOI qui vis le jour par un chemin nouveau,
Que Jupiter tira du creux de son cerveau,
Pénétre dans le mien, ô puissante Minerve !
Enflamme mon esprit et prête-moi ta verve.
Au vice, à la sottise également fatal,
Je veux qu'on trouve en moi l'aigreur de Juvénal.
Le malin Despréaux armé de sa férule,
Harcela les Cotins des traits du ridicule ;
Mais le vice est robuste et rit d'un tel affront :
Ce n'est que d'un fer chaud qu'on peut rougir son front.

Par l'intérêt guidée et d'encre dégouttante,
Quelle foule odieuse à mes yeux se présente ?
Ah ! je vous reconnais, noirs enfans de Cujas,
Ennemis du bon sens et fléau des Etats,
Esprits faux par étude et souvent par nature,
Et qui de nos malheurs achevez la mesure.

3

Ah ! vous verrez, ces tems ne sont pas éloignés,
S'élever contre vous les peuples indignés,
Et détruisant par-tout votre affreuse influence,
Sauver le genre humain des malheurs de la France.
Eh ! qui peut oublier ce monstrueux *Danton*
Ce féroce *Carrier* et le tigre *Couthon* ?
Hélas ! qui ne frémit au nom de *Robespierre* ?
Et toi, digne de lui, lâche et cruel *Barrère*,
Avocat bel esprit, qui par d'affreux bons mots
Insultais l'innocent sous la main des bourreaux.
Combien vous méritez mes vives apostrophes,
Coupables Girondins, avocats philosophes,
Qui sous de beaux dehors masquant vos trahisons,
Du pur sang des français abreuviez nos prisons !
Oublirai-je *Merlin*, terreur de nos familles,
Qui d'un mot éleva deux cents mille bastilles ?
Nous fûmes tous suspects : et de quoi ? de haïr
Le régime de sang dont il voulait jouir.
Toutefois à ce prix nous le sommes encore.
L'esprit peut-il aimer ce que le cœur abhorre ?
Tu règnes, et ton joug en fût-il plus humain,
Nous le détesterions imposé par ta main.
Mais il te reste encore et *Grenelle* et *Cayenne* ;
A ta lâche fureur *Rewbel* joindra la sienne,
Et si tu sais mon nom, aussitôt à ton gré,
Je suis conspirateur, ou je suis émigré.
Avocat et tyran, vil fléau de la France,
Par l'exil ou la mort tu marques ta puissance ;

Je me tais : la vengeance est ton plaisir chéri ;
Je ne veux point goûter de ton *Sinamary* (¶).
Peindrai-je ce *Lépaux* dont la laide structure,
Prouve le peu d'amour qu'eut pour lui la nature,
Dont l'ame est contrefaite aussi bien que le corps,
Humain comme *Marat*, savant comme un recors ?
O honte de nos jours ! ce méprisable insecte,
S'érige en fondateur d'une nouvelle secte (†),
Et croit, en soudoyant les plus vils des mortels,
Briser du Dieu vivant le trône et les autels.
Dans sa coupable erreur laissons-le se complaire,
Et son impiété trouvera son salaire.

Dévoilons ce *Rewbel* protecteur des brigands,
Jadis premier fauteur des complots d'Orléans.
Fléau de la vertu, ce grossier sybarite
A l'art de déguiser sa richesse hypocrite ;
Il jouit d'un pouvoir par le crime acheté,
Et vante, sans pudeur, l'honnête pauvreté,
Tandis que *Rapinat* qu'il aime et qu'il gouverne,
L'enrichit en secret des dépouilles de Berne.
Nommerai-je *Treillard*, avocat malfesant,
Et *Target* refusant sa voix à l'innocent ?

(¶) Rivière de la Guyanne, sur les bords de laquelle on envoie mourir les malheureux déportés.

(†) La théophilantropie.

Ah ! combien d'avocats que le public abhorre ,
Dans la liste du crime ici s'offrent encore ;
Et puisse le remords s'élevant dans leur cœur ,
Satisfaire à nos maux et payer leur fureur !

Et toi , de leurs forfaits l'apôtre et le complice ,
Vautre-toi tout entier dans la fange du vice ,
Poursuis , lâche *Barras* ! de tes profusions ,
Fais gémir les rentiers , enrichis tes mignons ,
Et crapuleux tyran , joins dans tes saturnales ,
La double impureté des Héliogabales.
Opprobre de leur sang , honte de tes ayeux ,
Le nom que tu flétris te rend plus odieux.

De débauche altéré , voyez-vous le divorce ,
A tous les cœurs impurs présentant son amorce ,
Empoisonner l'hymen de son souffle infecté ,
Et rompre le lien de la société ?
O scandale public ! désespoir des familles !
Quel exemple à donner à nos fils , à nos filles !
Rufus pour sa catin renonce à ses enfans :
Laïs a trois époux , sans compter ses amans.

Couverte de brillans , quelle est donc cette femme ,
Qui porte sur son front l'impudeur de son ame ?
Elle a quitté le nom de son premier époux ,
Pour celui d'un maraud , objet de nos dégoûts ,
Et depuis elle a fait , Messaline moderne ,
Du palais qu'elle escroque une infame taverne.

Commis, soldats, catins, histrions, directeurs,
De ses soupers charmans sont les nobles acteurs:
Là, son regard poursuit le convive qu'elle aime;
On ne l'attaque plus, elle attaque elle-même,
Et grâce à ses repas, l'année a moins de jours,
Qu'elle n'a dans un mois de nouvelles amours.

Orphise rougissant d'avoir été comtesse,
Est folle de Rousseau qu'elle cite sans cesse:
Elle a fort bien compris le Contrat-Social,
Et dans un porte-faix elle voit son égal.

Et toi, gentille *Agnès*, va! brave la misère;
Ton noble époux se prête à ton goût populaire;
Contre le préjugé son cœur est affermi:
Le courtier qui te paye est son plus digne ami.

Lisette a déserté son honnête famille,
Et libre par la loi, fait le métier de fille.

Zoé vient de se mettre aux gages d'un boucher,
Et *Lycoris* épouse un robuste cocher.

Ornés de quatorze ans, les appas de *Glycère*,
Comme une nouveauté sont vendus par sa mère:
Cependant tous les mois, un art réparateur,
Fait au sot qu'elle dupe acheter une erreur.

Contemplez *Aglaé*, l'œil ardent, le teint pâle,
Haïssant dans *Cloris* une affreuse rivale.

5

Dirai-je les fureurs de ce couple abhorré ?
Vénus brûle leur sang d'un feu dénaturé.
De la jeune *Lucette*, objet de leur délire,
L'or qu'elles ont volé se dispute l'empire :
Lucette se partage, et c'est la pauvreté
Qui corrompit son cœur et vendit sa beauté.
O dure pauvreté ! l'ame qui te déteste,
Du vice sent déjà l'influence funeste ;
Le vice mène au crime et le crime aux forfaits,
De tes lâches conseils exécrables effets.

Le jeune et beau *Lindor* eut une heureuse enfance,
Au sortir du collège il connut l'indigence,
Et bientôt, sans pudeur, bravant le cri public,
Il a fait de lui-même un infame trafic.
Fougueux adorateur du vice qu'il soudoie,
Le détestable *Erpin* en fit d'abord sa proie.

Et ce joli *Bathylle* au visage charmant,
D'une taille bien prise et mis élégamment,
D'où lui vient tout cet or qu'à grands frais il dépense ?
Lui, né sans patrimoine... Ah ! c'est l'aimable Hortense
Dont l'amour généreux se déguise en présens,
Et qui pour l'enrichir appauvrit ses enfans.
La fortune d'*Eglé* fut par lui délabrée,
Et celle d'*Aspasie* en deux mois dévorée.
C'est en vain qu'on lui donne et lui redonne encor,
Le jeu, son luxe affreux, épuisent tout cet or ;

Il a des usuriers, il est criblé de dettes.
Votre nom est déjà, *Phriné*, sur ses tablettes;
Il lorgne vos écus; prenez garde, *Phriné*:
Rien n'est plus ruineux qu'un homme ruiné.

Quelle est cette maison dont le feu qui l'éclaire
Jette loin de ses murs une vive lumière,
Qui s'ouvre à tout venant?... C'est un repaire, hélas!
Où Plutus aux joueurs tend ses perfides bras (†).
C'est là que vient jouer, maint père de famille,
L'aisance de son fils ou la dot de sa fille.
Eprouvant chaque jour des regrets superflus,
L'un engage un bijou qu'il ne reverra plus.
Celui-là sur ses biens prend de grosses avances,
Et plein d'un faux espoir les perd en trois séances.
Celui-ci, consterné d'y laisser ses rouleaux,
Insulte les banquiers ou brise les rateaux.
Tel autre, sur un coup pousse un cri frénétique.
Pour les bailleurs de fonds quelle douce musique!
Tel fripon convoitant l'écu de son voisin,
Glisse sur le tapis une furtive main;
Gagner sans mettre au jeu fait toute son étude,
Et pour lui les affronts ne sont qu'une habitude.
Quel est ce furieux? Quel désespoir profond!
Il s'arrache le poil, il se cogne le front;

_____

(†) Le trente-un.

Et de flots de sueur la figure couverte,
Il blasphéme le ciel innocent de sa perte.
Il est d'autres effets de cette passion.
Grippus se fait voleur, et *Lycus* espion ;
Bardus devient croupier : tel ponte plus honnête,
Saute dans la rivière ou se casse la tête.

Paris a des joueurs plus sages, plus prudens,
Qui de l'adroit *Comus* possèdent les talens.
Ils ont de beaux dehors, une aimable souplesse !
Que je plains les badauds ! malheur à la jeunesse !
Arrêtez, imprudens ! mille pièges tendus
Sous vos pas sont semés par Bacchus et Vénus.
Bientôt au tapis verd, dans une aimable orgie,
Vous irez de votre or nourrir leur industrie ;
Est-il déjà perdu ? ... Continuez, monsieur,
Vous dit-on, vous ferez des billets au porteur.
Le sot court au devant du coup qui l'assassine ;
Et souvent dans un jour consomme sa ruine.
A ces joueurs, de *grecs* on a donné le nom :
C'est un mot très-poli qui veut dire fripon.
Tel s'est fait par ses vols serrer la jugulaire,
Qui moins que vous, messieurs, méritait ce salaire.

Puis-je donc oublier ces monstrueux voleurs,
Entrepreneurs, commis, régisseurs, fournisseurs,
De l'Etat appauvri dévorantes sang-sues,
Dont le fracas bruyant fait retentir les rues,

Possesseurs des hôtels, ornemens de nos quais,
Jadis petits bourgeois, et peut-être laquais?
Comme il est monstrueux le luxe qu'ils étalent,
Et comme nos Laïs à leurs pieds se ravalent!
Entrez dans leur salon pompeusement doré,
Et de meubles exquis richement decoré:
Voyez de ces messieurs les pimpantes femelles;
Quelle profusion de brillans, de dentelles!
Mais sous ces beaux atours quel langage, quel ton!
C'est le grossier esprit de Toinette ou Marton.
Le dîner est servi, la chère est magnifique;
On entre pêle-mêle, et la troupe cynique,
Dévore avidement trente mets délicats,
Etonnés de remplir de pareils estomacs.
Ils boivent à longs traits les meilleurs vins du monde,
Et comme à la taverne on y toste à la ronde.
Bientôt vous entendez à travers leurs propos,
Les hardis juremens et les sales bons mots;
Puis on rit aux éclats, et cette bachanale
Est le parfait tableau des banquets de la halle.

Démasquerai-je aussi ces affreux espions,
Nourris par la bassesse et les délations,
Qui guettent le malheur, et pour quelques pistoles,
Trahissent leurs amis et vendent leurs paroles?
Ah! vous serez connus, vous tous hommes bien nés,
Lâches, qui n'avez pu, par le vice entraînés,
Résister à l'appât d'un infame salaire,
Et porter le fardeau d'une noble misère.

Pourrais-je signaler ces monstrueux humains,
Ivres encor du sang qu'ont répandu leurs mains,
Instrumens de terreur et bourreaux de la France ?
Non, je laisse à Thémis le soin de la vengeance.

Muse ! changeons de ton ; approche ; l'Institut
De sa pesante main veut t'offrir son tribut.
Que vois-je ? le dégoût affadit ton visage :
Allons, pour m'introduire arme toi de courage ;
Entrons : ô ciel ! je bâille en y mettant les piés,
Et des pleurs de l'ennui je sens mes yeux noyés ;
Triste effet des vapeurs que la sottise exhale.
N'importe, pénétrons dans cette vaste salle.

Assis au premier rang, j'apperçois *Rœderer* ;
Il a, mais sans esprit, l'aigreur de *Scaliger*.
Le Journal de Paris est son champ de bataille :
C'est là que nous lisons sa prose un peu canaille ;
Avocat insolent, Zoïle du bon goût,
Complice des brigands vainqueurs au dix août (1).

Et ce vieillard bouffi d'une science vaine,
Qui depuis cinquante ans lourdement se démène ;
Pour avoir des lecteurs qui ne l'ont jamais lu ;
C'est le plus lourd pédant que le soleil ait vu,
C'est *Sélis*, autrefois valet des gens en place,
Flatteur de *Nivernois duc et pair du Parnasse* (2).

Garat est l'orateur du parti le plus fort,
Esprit obscur, mais clair dans un arrêt de mort (3).

Lalande a d'être fou le triste privilège ;
Astronome, jaloux de l'almanach de Liége.
Il écrit hautement qu'il ne croit pas en Dieu :
Sa tête mal construite exige un tel aveu ;
Dieu ne présida point à sa forme avortée,
Et sans ingratitude il peut se dire athée.

Mais quel est cet auteur couronné de pavots,
Qui semble à l'Institut être le roi des sots ?
C'est *Chénier*... *Palissot* le croyait un Voltaire.
Parle, *Chénier*, réponds : qu'as-tu fait de ton frère ?
Tu le laissas proscrire, et pour donner raison
A son cruel tyran, tu fis *Timoléon* (4).

Le grotesque *Mercier*, frappons-le sans scrupule,
Se croit original et n'est que ridicule :
Toutefois au Lycée il a des auditeurs,
Et même en Allemagne il trouve des lecteurs (5).

Bernardin tu pouvais désarmer la critique :
J'estime assez ta prose et ris de ta physique.
Ton flux et ton reflux se forment sans raison ;
L'Océan veut s'enfler par les lois de Newton (6).

Ministre pédagogue et directeur postiche,
Affichons *Neufchâteau* qui lui-même s'affiche.

Ce mortel ennuyeux des Lorrains si vanté,
Fut poëte à quinze ans et ne l'a plus été.

Le pesant *Ginguené* quitte son ambassade
Pour venir de sa prose assommer la Décade (†)

Brûlé de moins de feux qu'il n'en sut allumer,
Volney d'un froid ennui cherche à nous consumer (7),
Et *Domergue* affublé d'une lourde ignorance,
Fait bâiller l'Institut qui fait bâiller la France.

A tant d'obscurité mêlons un peu de jour :
Lebrun dans ce tableau veut paraître à son tour.
Doué d'un vrai talent, il est souvent bizarre,
Et mêle dans ses vers *Brebeuf* avec *Pindare.*
Toutefois on pourrait l'épargner comme auteur ;
Mais qui peut pardonner aux vices de son cœur ?
Du plus grand attentat il se rendit complice.
Hélas ! sa muse un jour, nouvelle Pythonisse,
Évoqua de *Stuart* le spectre gémissant,
Et demanda la mort d'un illustre innocent (8).

L'Institut dans son sein voulait avoir Delille :
C'était à Mévius associer Virgile.
Il repoussa l'injure, et l'Institut confus,
Dévore en frémissant l'opprobre du refus.

(†) Un de nos journaux.

De la sottise enfin quittons le domicile.
Des sots plus sots encor pullulent dans la ville.
Eh! qui pourrait compter cette foule d'auteurs,
Qui vivent de l'ennui dont meurent leurs lecteurs?
Muse ! dis-moi leurs noms : Cotin fut leur ancêtre ;
Nés d'un père immortel tu dois les reconnaître.

Cournand prêtre apostat à la *raison* rendu,
Goûte enfin de l'hymen le charme défendu.
Entouré du silence et braillant sur son siège,
Il a pour auditeurs les murs de son collège.
Sa prose était sans force et ses vers languissans,
Mais sa femme lui fait de robustes enfans ;
Pour l'Etat dépeuplé l'échange est salutaire (9).

Debout à ses côtés, je t'apperçois *Cubière* :
Pour avilir son nom que t'avait fait Dorat?
Ah ! sois plus conséquent prends celui de Marat,
Tu fus de ses forfaits le vil panégyriste (10).

Approche *Légouvé*, rimailleur plat et triste,
Tes drames si vantés ne seront jamais lus,
Et de tes *Souvenirs* on ne se souvient plus (11).

Bouffon républicain d'un Roi vieux et malade,
Grouvelle à l'amuser passe son ambassade (12).

Et toi, qu'on estimait, doux et tendre *Parny*,
Ton aimable talent est à jamais terni;

Digne des mœurs du jour, ton ennuyeux poëme,
N'est, le bon goût l'a dit, qu'un sot et long blasphême.

Peindrai-je les travers de cette femme auteur,
Son visage et son style ont la même laideur,
Qui bravant le mépris dont elle s'environne,
Dans un vil jacobin a retrouvé Narbonne (ⵏ)?

Flétrirai-je *Chimène*, effrayé de son nom,
Poëte sans-culotte et proné par Couthon (13)?
Nommerai-je *Ségur* (†) dont la muse stérile,
Ne fait point sans *Despres* le moindre vaudeville?
Et pour salir mes vers, du fond de son bourbier,
Dois-je faire sortir le dégoutant *Poullier*?
Sifflerai-je *Piis*? (14) non, ma muse se lasse
D'exhumer tant d'auteurs morts au pied du Parnasse.

O Paris! ô séjour jadis délicieux!
Quel aspect oses-tu présenter à nos yeux?
Ou sont tes beaux esprits, ta pompe et tes spectacles?
Où sont de tes beaux arts la grâce et les miracles?
La Harpe dans l'exil écrit en gémissant;
Rivarol (15) est proscrit, et *Delille* est absent;
Fontane (16) avec douleur erre loin de la France;
Marmontel effrayé garde un profond silence.

_____

(ⵏ) Benjamin Constant est le jacobin de madame Staël.

(†) Le jeune.

Autrefois le bon ton, tes modes, tes écrits,
Attiraient l'étranger de tes plaisirs épris,
Et son or soudoyait ta brillante industrie ;
Te voilà bien payé de ta propre folie :
Rougis de tes malheurs ; vois tes nombreux rentiers,
Transparens de maigreur perchés dans tes greniers,
Ton commerce détruit, tes richesses perdues,
Et l'herbe en cent endroits s'élevant dans tes rues.
En de tristes déserts tes temples sont changés,
Tes pères de famille en tes murs égorgés (†),
Tes enfans n'ont péri que pour périr encore,
Mars toujours les appelle et toujours les dévore.
De ton *égalité* voilà les fruits amers,
Et c'est la *liberté* qui te donne des fers.

(†) Le 13 vendémiaire.

F I N.

NOTES.

(1) Rœderer avait quarante ans passés quand il fut élu membre de la première assemblée nationale, et jusques là il avait été parfaitement inconnu. Il a voulu depuis, et on ne sait pourquoi, se faire homme de lettres. On sait qu'il s'est vanté d'avoir fait tomber dans le piége le malheureux Louis XVI, en lui conseillant de venir dans le sein de l'assemblée législative, c'est-à-dire, au milieu de ses ennemis. C'est le *Sinon* de la révolution.

(2) *Sélis* a fait, comme on l'a dit, le vers le plus ridicule du siècle :

Nivernois au Parnasse est toujours duc et pair.

(3) *Garat*, ci-devant avocat. Il fut le champion de *Necker* et de *Lafayette*, ensuite de la *Gironde*, puis de *Danton* et de *Robespierre*, et enfin du *directoire*. Il était ministre de la *justice* lors de l'emprisonnement du roi, et c'est lui qui dressa son arrêt de mort.

(4) *Chénier*, l'exconventionnel, est auteur de quelques médiocres tragédies, et entr'autres de

Timoléon. On sait que celui-ci tua son frère *Timo-phane*, grand ennemi du gouvernement populaire. *Palissot* qui a de l'esprit et du talent, a loué *Chénier* et déchiré *la Harpe* et *Marmontel* : nous en sommes bien fâchés pour *Palissot*.

(5) *Mercier* a une réputation terrible en Allemagne. On y a toujours fait peu de cas de *Buffon* et de *Montesquieu* ; mais les ouvrages de *Mercier* sont un des plus grands objets de commerce de la foire de Léïpsic. Son *Tableau de Paris* charma la jalousie des Allemands, et a fait parmi eux le plus grand nom à son auteur. Il eût fallu un rare talent pour peindre le beau côté de Paris, et *Mercier* s'est bien gardé de l'entreprendre.

(6) *Bernardin de Saint-Pierre* a voulu prouver que deux et deux ne font pas quatre, et s'est imaginé que *Newton* avait fait une hypothèse sur le flux et le reflux, tandis que ce grand homme en a fait la demonstration. Les physiciens et les géométres ont beaucoup ri de sa méprise.

(7) *Volney* nous a donné un volume sur l'Egypte après *Savary*. Celui-ci avait de la chaleur et de l'imagination, mais son ouvrage a quelque chose de romanesque. La froide raison de *Volney* l'a emporté. Il a fait depuis des *leçons sur l'histoire*, qui ne sont

des leçons pour personne. Ce philosophe fut envoyé en Anjou en 1789 par le parti d'Orléans pour y faire brûler les châteaux des nobles, et il s'acquitta exactement de la commission. Le vers souligné est une parodie du vers si plaisant de Pyrrhus dans Andromaque, qui fait allusion à l'incendie de Troye :

Brûlé de plus de feux que je n'en allumai.

Le nom de famille de *Volney* est *Chassebœuf.*

(8) *Lebrun* avait une pension du roi. Voici une strophe de l'ode abominable qu'il fit contre ce monarque infortuné, quand on l'enferma au temple.

Quelle est cette ombre épouvantée,
Louis, qui frappe ton regard?
" Malheureux? reconnais Stuart
A ma couronne ensanglantée.
Hélas ! trop égaux en revers,
Victimes de conseils pervers,
Notre faiblesse fut un crime.
Vois-tu l'appareil menaçant.....
Viens, viens. ,, Il dit, et dans l'abîme
Stuart le plonge en l'embrassant.

(9) *Cournand* professeur de littérature au collège Royal, où il a pris la place de l'abbé Aubert sans le remplacer. C'est le premier prêtre qui s'est marié dans la révolution.

(10) *Cubière*, collègue d'*Hébert* et de *Chaumette* à la commune de Paris, dans le tems de la *terreur*. Il prouva cinq à six quartiers de roture pour y être conservé, et certes ! comme il y allait de la vie avec ces messieurs, il ne donna pas des titres faux comme il en avait donné dans l'ancien régime pour se faire noble. Il fit un poëme de trois ou quatre cents vers sur les *vertus* de *Marat*. On connait la platitude de son talent. Les parens de Dorat devraient bien l'empêcher de s'intituler *Dorat-Cubière*.

(11) *Légouvé* a fait quelques mauvaises pièces de théâtre, et un livre en prose rimée, appelé mes *Souvenirs*. Légouvé n'était pas de l'Institut quand cette satire fut composée, mais il était impossible qu'il n'en fût pas.

Un M. Vigée a imprimé dans *le Courier des Spectacles* que Légouvé fesait des vers *raciniens*. C'est le plus grand blasphême littéraire qui ait été prononcé dans ce siècle. On n'aurait pas osé le dire de Voltaire. (*Note de l'éditeur.*)

(12) *Grouvelle*, poëte aussi ridicule et aussi odieux que *Cubière*. C'est lui qui lut à Louis XVI son arrêt de mort. On sait que le roi de Dannemarck est tombé en enfance, et *Grouvelle* a fait plusieurs fois la *vire-passe* et le *saut de carpe* devant lui pour

l'amuser. Il appelle cela ses gentillesses républi-
caiues.

(13) *Chimène* ou *Ximenès* fut nommé-avec *Lebrun*
poëte du comité de salut public. *Couthon* aimait
beaucoup ses vers. On n'a pas oublié l'épigramme
faite anciennement sur ses deux tragédies :

> Après Epicharis,
> Les ris ;
> Après Amalazonthe,
> La honte.

(14) Tout le monde connaît le ridicule talent
de Piis. Il vient de faire une chanson sur les *huitres*,
où il a mis tout l'esprit de son sujet. (*Note de l'éditeur.*)

(15) Il ne faut pas confondre M. de Rivarol l'ainé
avec son frère : quant à leur haine contre la révo-
volution , elle est également prononcée.

(16) *Fontanes* n'est plus heureusement de l'Institut. Le directoire qui le trouvait là très-déplacé ,
l'en fit exclure , et le condamna à la déportation ,
ce qui prouvait à la fois et son talent et l'honnêteté
de ses principes.

www.ingramcontent.com/pod-product-compliance
Lightning Source LLC
Chambersburg PA
CBHW061732180626
46818CB00006B/2577